अपने हिस्से का ख़्वाब

(ग़ज़ल संग्रह)

"मुख़्तसर सी है ये अपनी उम्र भी लेकिन
चाहता हूँ हर किसी के दिल में बस जाना"

अपने हिस्से का ख़्वाब

(ग़ज़ल संग्रह)

अविनाश बन्धु

प्रलेक प्रकाशन

प्रलेक प्रकाशन

PRALEK PRAKASHAN

(An imprint of Pralek Publishing House Pvt. Ltd.)

मुख्य कार्यालय : 702, जे-50, ग्लोबल सिटी, विरार (वेस्ट), मुम्बई, महाराष्ट्र-401303

दिल्ली एनसीआर ऑफिस पता : 03/सी, ज्ञान खण्ड-4 इंदिरापुरम, गाजियाबाद, उ.प्र.-201014

E-mail: pralek.prakashan@gmail.com

Website: www.pralekprakashan.com

दूरभाष : +91 7021263557

अपने हिस्से का ख़्वाब

लेखक : अविनाश बन्धु

Apne Hisse ka Khuab

Author : Avniash Bandhu

ISBN : 9789358691184

प्रथम सजिल्द संस्करण : 2025

टाईपसेटिंग : जी. आर. एस. ग्राफिक्स

मुद्रक : रेप्रो इंडिया लिमिटेड

आवरण : प्रलेक स्टूडियो

नोट : प्रलेक प्रकाशन का लोगो मिक्की पटेल की तूलिका से।

प्रथम प्रेरणा स्त्रोत स्व. पंडित गजानन पाठक (नाना जी) स्व. पंडित जय कांत झा (दादा जी) एवं स्व. पंडित हरि शंकर झा (पिता जी) को समर्पित

विषय-सूची

1

अपने हिस्से का ख़्वाब रखता हूँ
ज़िन्दगी की किताब रखता हूँ

राह चलते महक उठे ख़ुद ही
दिल में ऐसा गुलाब रखता हूँ

जो नशा प्यार का बढ़ा देती
आँख में वो शराब रखता हूँ

है अदब में ये सर झुका वरना
मैं भी हर इक जवाब रखता हूँ

क्या सुनाऊँ कभी तुम्हें रोकर
ख़ुद मैं ग़म का हिसाब रखता हूँ

मेरी आँखों को आके पढ़ लेना
मैं कहाँ अब नक़ाब रखता हूँ

नाम है मेरा इसलिए 'बन्धु'
प्यार की मैं किताब रखता हूँ

❖❖❖

2

किसी बात का ग़म इधर भी नहीं है
मेरा अब कोई हमसफ़र भी नहीं है

दुआएँ समेटे बढ़ा जा रहा हूँ
कोई और अब रहगुज़र भी नहीं है

सहे क्या सितम हैं ज़माने में मैंने
मेरे यार को तो ख़बर भी नहीं है

जो घर को बसाने की देते नसीहत
उन्हीं का यहाँ एक घर भी नहीं है

झुका दे कहाँ 'बन्धु' सर आख़िर अपना
हो जिसमें अक़ीदत वो दर भी नहीं है

❖❖❖

3

बेबस दिन और बोझिल रातें
गीत ग़ज़ल हैं दिल की बातें

मिसरा पूरा करने को हम
जागे कितनी तन्हा रातें

अब भी तपता है मन मेरा
लौट गयीं कितनी बरसातें

यूँ ही नहीं बना मैं शायर
मैंने बहुत सही हैं बातें

रखी हुई हैं 'बन्धु' अब तक
उसकी दी सारी सौग़ाते

❖❖❖

4

लोगों से मैने कोई भी शिकवा नहीं किया
जो भी है सामने है दिखावा नहीं किया

माना कि कोई दोस्त हमारा न हो सका
हमने भी दुश्मनी में गुज़ारा नहीं किया

ख़्वाबों की फ़िक्र में हैं ज़माने के सारे लोग
ऐसे भरम पे हमने भरोसा नहीं किया

फ़ाक़ाकशी के दौर से गुज़रे कभी मगर
हमने किसी अमीर को सजदा नहीं किया

जो 'बन्धु' को तमाम ही टूटे मिले हैं ख़्वाब
उन ख़्वाबों पे कभी भी भरोसा नहीं किया

❖❖❖

5

आइए इस दिल में थोड़ा सा समा कर देखिए
है मुझे कितनी मुहब्बत आज़मा कर देखिए

आपकी बातों से मिलती है मुझे राहत बहुत
अपने होटों से ज़रा कुछ तो सुना कर देखिए

साथ होते आप तो होता सुहाना ये सफ़र
दो क़दम अपने सही आगे बढ़ा कर देखिए

है शिकायत अब नहीं मुझको किसी से भी हुज़ूर
आप भी इक बार मुझको फिर सता कर देखिए

पूरी कर देगा तमन्ना 'बन्धु' कुछ तो बोलिए
आप अपने दिल की वो हसरत बता कर देखिए

❖❖❖

6

किन से कैसा है ये वास्ता देखिए
कैसे देते हैं सब मशवरा देखिए

वक़्त के साथ ढलती है ढल जाएगी
इस ज़माने की फ़ितरत ज़रा देखिए

टूटने पर मैं जब सब से मिलने गया
हो गए सब के सब बेवफ़ा देखिए

चाहे देखे हों दोनों जहां आपने
कितनी सुंदर है ये भी धरा देखिए

ख़्वाब में जो मिली पाना चाहे उसे
है ये आशिक़ बड़ा सरफिरा देखिए

चाहता 'बन्धु' है रूह तक का सफ़र
कितना अच्छा चुना रास्ता देखिए

❖❖❖

7

प्यार उठा कर लाए हो मयख़ाने में
और वफ़ा तुम ढूँढ रहे पैमाने में

इतना ज़ुल्म किया है दुनिया वालों ने
क्या लज़्ज़त बाक़ी रहती दीवाने में

ज़ख़्म हरा करते हो याद दिला कर रोज़
तुमको क्या मिलता है मुझे रुलाने में

गाँव में बीता बचपन जब याद आता है
रो देता हूँ ऑफिस से घर जाने में

बज़्म की रौनक़ देख के 'बन्धु' घबराए
रहने की आदत उनको वीराने में

❖❖❖

8

ज़रूरत पड़ी तो हिदायत मिली है
ज़माने से हमको नसीहत मिली है

जो कहते थे मैं हूँ सदा साथ तेरे
कहाँ वक़्त पर उनकी क़ुर्बत मिली है

कमी तो नहीं है मुझे दोस्तों की
सभी से मगर झूठी चाहत मिली है

रहा भीड़ में मैं अकेला हमेशा
मुझे हम-नवा की न सोहबत मिली है

बना 'बन्धु' सबका सहारा तभी तो
उसे रब की हर वक़्त नेमत मिली है

❖❖❖

9

तिरंगे की हर दिन नई शाम आए
लहू मेरा इस देश के काम आए

मिटा ना सके भाईचारा कोई भी
जुबां पर मुहब्बत का ही नाम आए

बनाकर रखो एक महफिल खुदारा
जहाँ पर कोई भी सरे-आम आए

मेरी मिल्कियत है तिरंगा ऐ लोगो
वतन के लिए हर जतन काम आए

वतन को पड़े जब ज़रूरत किसी की
तो ऐ 'बन्धु' पहले मेरा नाम आए

❖❖❖

10

वक़्त की भीड़ में खो गई
ज़िन्दगी क्या से क्या हो गई

ये सियासत भी क्या चीज़ है
बीज नफ़रत का ही बो गई

क्या बहन पर सितम हो गया
मेरी दहलीज़ पर रो गई

मेरे सीने पे रख के वो सर
रात का ग़म लिए सो गई

रोशनी भी गुनहगार थी
धुँध की गोद में खो गई

❖❖❖

11

राज़ तो राज़ था सो बताया नहीं
घर मेरे अब कोई आता जाता नहीं

सूख ही जाते हैं ऐसे सारे शजर
वक़्त पे जिनको सींचा जो जाता नहीं

हो गया हूँ बहुत मैं अकेला यहाँ
चाहता था बहुत पर जताया नहीं

खेल कैसा चलन में ये अब आ गया
कोई अपना किसी को समझता नहीं

'बन्धु' बेकल बहुत रह रहा आज कल
दिल की बातें मगर लब पे लाता नहीं

❖❖❖

12

फौलादी सीनों में जलते प्रेम की अगन जरूरी है
कुछ भी हो जाए मेरे यारो पहले वतन जरूरी है

सब कुछ पाया जा सकता है सच कहता हूँ दुनिया में
पर कुछ भी पाने की ख़ातिर सच्ची लगन जरूरी है

मेरा न कोई ग़ैर यहाँ पर ना ही कोई दुश्मन है
बन जाते मेरे सब साथी बस इक मिलन जरूरी है

थोड़ी समझ जरूरी है गर जीना है इस दुनिया में
नहीं मुक़द्दर से सब मिलता सच्चा जतन जरूरी है

'बन्धु' तेरे नहीं होने से पूरी नहीं है मेरी ख़ुशी
ख़ुश रहने की ख़ातिर तेरा मेरा मिलन जरूरी है

❖❖❖

13

अब परेशाँ न मुझको किया कीजिए
बात हो जो भी सच सच कहा कीजिए

दिल्लगी हो गई तो ये होना ही था
दर्द जो भी मिले अब सहा कीजिए

दोस्त तो दोस्त रहते हैं हर हाल में
चाहे जितना भी हर पल गिला कीजिए

जिनकी हर बात लगने लगे ठीक है
पास उनको बिठा मशवरा कीजिए

'बन्धु' नादान है माफ करिए उसे
बात दिल की है दिल से सुना कीजिए

❖❖❖

14

तलब में तेरी मैं तड़पता रहा
मैं तेरी ही यादों में खोया रहा

नहीं नींद आई मुझे रात भर
मैं बिस्तर पे करवट बदलता रहा

मैं भूला नहीं बात उस रात की
वो हर बात गीतों में गाता रहा

मुहब्बत के बिन है अधूरा जहां
ये उसको बताने से डरता रहा

लगी है लगन मुझको जिस नाम की
मैं उस नाम को गुनगुनाता रहा

बताओ न मुझको वो क्या राज़ था
जो दामन तुम्हारा भिगोता रहा

जाने क्या 'बन्धु' ने देख डाला यहाँ
जो हर बात पर बस हँसाता रहा

❖❖❖

15

तेरा मिलना ख़ुशी से मिलना था
इश्क़ का आशिक़ी से मिलना था

एक बार उससे जब मिला तो लगा
दिल को दीवानगी से मिलना था

वो मिला फिर मगर ये मिलना तो
इक ज़रा बेदिली से मिलना था

उसका कहना कि सिर्फ़ उससे मिलें
और यहाँ हर किसी से मिलना था

इश्क़ करके समझ गया 'बन्धु'
उम्र भर बेकली से मिलना था

❖❖❖

16

हमने कभी किया नहीं सौदा ज़मीर का
हमसे कभी हुआ नहीं सजदा अमीर का

हम तो बदलते लम्हों के हर वक़्त साथ थे
वो तो रहा फ़क़ीर किसी इक लकीर का

बर्बाद कर ली ज़िन्दगी हमने किसी के नाम
साया था हमपे इश्क़ के आली फ़क़ीर का

हाकिम जो ज़ुल्म कर रहा ताक़त दिखा रहा
उसको लगेगा शाप किसी इक हक़ीर का

'बन्धु' तो देख लीजिए है अब तलक निढाल
उसपर हुआ था वार जो नज़रों के तीर का

❖❖❖

17

वो आँखें तसव्वुर में ग़म बो गई हैं
न जाने कहाँ भीड़ में खो गई हैं

थी चंचल हसीना थीं क़ातिल अदाएँ
न जाने क्यों मुझसे ख़फ़ा हो गई हैं

सिवा जिनके मैंने न चाहा किसी को
मुझे छोड़ कर वो किधर को गई हैं

वो क्या दौर था जब थे इक साथ हम तुम
अचानक ही राहें जुदा हो गई हैं

इबादत में अब बस रहा नाम उनका
वो मेरे लिए तो ख़ुदा हो गई हैं

❖❖❖

18

भले रुसवा ही तुम किरदार करना
मुहब्बत है तो फिर इज़हार करना

जो वादा तुम करो उसको निभाओ
नहीं अच्छा है फिर इंकार करना

हमें कोई नहीं होगी शिकायत
हमारी जीत को भी हार करना

सिवा तेरे मेरा कोई नहीं है
भुला कर हर ख़ता बस प्यार करना

जो 'बन्धु' चाहते हो अपनी खुशियाँ
नहीं तुम इश्क़ को व्यापार करना

❖❖❖

19

किस से कह दूँ मैं बेबसी अपनी
मुख़्तसर सी है ज़िन्दगी अपनी

लोग अपने हैं इस ज़माने में
बाँट देता हूँ हर ख़ुशी अपनी

उसकी हस्ती मिटाए कौन भला
जिसने छोड़ी नहीं हँसी अपनी

सर झुकाने की मुझको आदत है
जिससे पा लेता हूँ ख़ुशी अपनी

'बन्धु' दे दी है उसके आँगन में
जो भी थी पास रौशनी अपनी

❖❖❖

20

मेरी याद उसको भी आती तो होगी
वो छुप छुप के आँसू बहाती तो होगी

गुज़रते हैं कैसे ये दिन रात उसके
वो ख़्वाबों में मुझको बताती तो होगी

हैं जुल्फ़ें घनेरी और आँखें नशीली
वो आँखों में काजल लगाती तो होगी

शिकायत तो करती ही होगी वो मेरी
कोई बात उसको रुलाती तो होगी

मुझे यह गुमाँ है वो सुनकर मेरे गीत
फ़लक देख कर मुस्कुराती तो होगी

कहा कुछ तो होगा मेरा नाम लेकर
सहेली से आँखें चुराती तो होगी

जुबां से न 'बन्धु' भले नाम ले वो
दुआओं में वो मुझको लाती तो होगी

❖❖❖

21

मैं तोहफ़े में क्या दूँ बता जान मेरी
ठहर जा झलक तू दिखा जान मेरी

तू दिल का न सौदा करेगी किसी से
तसल्ली मुझे तू दिला जान मेरी

सज़ा दो मुझे जुर्म मंजूर है पर
उठा दो ये घूँघट ज़रा जान मेरी

रखी पास तूने निशानी जो मेरी
तेरे पास है क्या दिखा जान मेरी

रहा 'बन्धु' का दिल हमेशा ही तेरा
रहेगा हमेशा सुना जान मेरी

❖❖❖

22

चाहता हूँ कि अब गुनगुनाता उसे
पास आती गले से लगाता उसे

संग हँसने की हसरत अधूरी रही
दिल मेरा फिर से आवाज़ देता उसे

गीत मशहूर मेरे जो होने लगे
मन किया गीत गाकर लुभाता उसे

कल गया था उसी गाँव में मैं जहाँ
दास्ताँ दर्द की मैं सुनाता उसे

पर मिली वो मुझे भागती उस तरफ़
तो भला 'बन्धु' क्यों कुछ बताता उसे

❖❖❖

23

तुम्हारा हूँ जानम बुला कर तो देखो
नज़र से नज़र को मिला कर तो देखो

तुम्हारी मुहब्बत रखूँगा मैं ज़िन्दा
ये जामे-मुहब्बत पिला कर तो देखो

बड़ी शिद्दतों से तुम्हें मैंने चाहा
कहीं भी कभी आज़मा कर तो देखो

सभी में छुपा एक शायर, ग़ज़ल इक
सुनो दिल की और गुनगुना कर तो देखो

मिलेगी वो मंज़िल जो चाही है तुमने
लगन से क़दम को बढ़ा कर तो देखो

इनायत मिलेगी खुदा की ऐ यारो
इबादत में सर को झुका कर तो देखो

तुम्हारा हर इक फैसला उसको मंजूर
ज़रा 'बन्धु' को मुस्कुरा कर तो देखो

❖❖❖

24

तुझे तो ग़ज़ब एक आदत लगी है
करेंसी कमाने की जो लत लगी है

कहा मैंने जो भी हक़ीक़त कहा पर
मेरी बात सबको बग़ावत लगी है

बहुत सारे ग़म दफ़्न सीने में मेरे
बताया जो उनको शिकायत लगी है

सुनाई कहानी कभी जो किसी ने
वो हर बात मुझको नसीहत लगी है

कभी जो मिले 'बन्धु' राहत तुम्हें तो
समझना किसी की इनायत लगी है

❖❖❖

25

रेत पे ही सही घर बना लीजिए
प्यार में इक दफ़ा आज़मा लीजिए

आप रहती कहाँ है बता दीजिए
या दीवाने से उसका पता लीजिए

जानता हूँ नहीं प्यार है आपको
एक झूठा सही हक़ जता लीजिए

शर्तें मंज़ूर हैं आपकी सब मगर
पास आकर ज़रा दिल लगा लीजिए

रब से है 'बन्धु' तो आपको माँगता
आप भी कुछ न कुछ फैसला लीजिए

❖❖❖

26

हुआ है करिश्मा ख़ुदा का मेरी जाँ
जतन से तेरे घर हूँ आया मेरी जाँ

किसी दिन किसी मोड़ पे तू मिली थी
उसी दिन से हूँ मैं दिवाना मेरी जाँ

इबादत में करता था मैं याद तुझको
तभी तो तेरा प्यार पाया मेरी जाँ

मुहब्बत में हद से गुज़र जाऊँगा मैं
अगर ना मिला साथ तेरा मेरी जाँ

तुम्हें 'बन्धु' का वास्ता है ऐ हमदम
कभी छोड़कर तुम न जाना मेरी जाँ

❖❖❖

27

दुआओं में रब से तुम्हें माँगता हूँ
मैं तक़दीर अपनी तुम्हें जानता हूँ

ये शान और शौकत ज़रा नाम है जो
तेरे प्यार का ही असर मानता हूँ

मुहब्बत में मेरी ख़ुदा हो गए हो
जिधर देखता हूँ तुम्हें देखता हूँ

कहाँ दरमियाँ फ़ासले हैं हमारे
रहूँ मैं कहीं पर तुम्हें सोचता हूँ

भले जिस्म पर हो हुकूमत किसी की
मगर दिल की मलिका तुम्हें मानता हूँ

❖❖❖

28

हसीन शाम का मंज़र भी ख़ूब हो जाए
उदास रात का तेवर भी ख़ूब हो जाए

चलो बुझाते हैं दरिया में प्यास जा कर हम
भले निढाल ये सागर भी ख़ूब हो जाए

हमारे ख़्वाब को देखा नहीं कभी उसने
नज़र में ख़्वाब ये बेहतर भी ख़ूब हो जाए

उसे तमीज़ न आए कभी भी पीने पर
कभी पिए तो वो पी कर भी ख़ूब हो जाए

हमारे साथ वो मिलकर भी काम कर ले तो
यक़ीन मानिए दफ़्तर भी ख़ूब हो जाए

❖❖❖

29

ये होने लगा है यक़ीं जान मेरी
तू क़िस्मत में शायद नहीं जान मेरी

सितारे भी आँखें चुराने लगे हैं
तू इतनी है दिलकश हसीं जान मेरी

इरादा है जो भी अभी जान कह दो
मिलेंगे न फिर हम कहीं जान मेरी

लिए हाथ तोहफ़े खड़ा ही रहा मैं
मुझे ढूँढती अब नहीं जान मेरी

तमन्ना थी दिल में दुआ भी यही थी
मिलेंगे किसी दिन कहीं जान मेरी

मुकद्दर भले साथ देता नहीं हो
रहो ख़ुश हमेशा यहीं जान मेरी

जहाँ छोड़कर तू गई है, मिलूँगा
हमेशा तुझे मैं वहीं जान मेरी

इबादत करूंगा मैं दिन रात तेरी
तू इतना तो रखना यक़ीं जान मेरी

कहे 'बन्धु' क्या अब गुज़ारिश यही है
कि दामन भिगोना नहीं जान मेरी

30

रुतबा ऐसा इश्क़ हमारा पा जाए
तेरे लब पर नाम हमारा आ जाए

याद किसी की आती है तो आने दो
यादों में भी और सितम वो ढा जाए

प्यार का मतलब उसको भी मालूम रहे
चाहे वो ख़ुद से ही धोखा खा जाए

दुख की एक कहानी का किरदार बने
दोस्त हमारा कैसा है परखा जाए

हुस्न तुम्हारा ऐसा है मैं क्या बोलूँ
चाँद तुम्हें जो देखे तो शरमा जाए

कुछ तो दुनियादारी भी 'बन्धु' कर ले
अक्ल भी आकर इस दिल को बहला जाए

❖❖❖

31

ये तो सच है कि उन्हें पा के भी हम पा न सके
बात लेकिन ये ज़ुबां पर भी कभी ला न सके

उसने कोशिश नहीं की वरना समझ सकती थी
उसको हम चाहते कितना हैं ये समझा न सके

मयकशी का भी सहारा लिया फ़ुर्क़त में तेरी
ख़ुद को हम सिर्फ़ तेरी यादों से बहला न सके

दुनियादारी में तो लाज़िम है कि कुछ पेंच भी हो
साफ़गो हम थे सो महबूब को उलझा न सके

'बन्धु' का तन है जला गर्म दुपहरी में बहुत
वो गए छोड़ उसे ख़ुद को जो झुलसा न सके

32

मुहब्बत करके जाना छोड़ देना
नहीं आसान है दिल तोड़ देना

हवा के साथ रहती हैं घटाएँ
नहीं मुमकिन है इनको मोड़ देना

कभी करना मुहब्बत में तुम इतना
मेरे टूटे से दिल को जोड़ देना

जहाँ से रिश्ते ये बेचैन होते
घड़ा नफरत का वो तुम फोड़ देना

शिकायत का नहीं तुम देना मौक़ा
अना को 'बन्धु' अपनी छोड़ देना

❖❖❖

33

पूरी तरह खड़ा हूँ मैं इस ज़िन्दगी के साथ
कीजे क़बूल मुझको मेरी बेबसी के साथ

सहरा में घर बना के कहाँ चैन से हूँ मैं
करने लगी मजाक़ हवा रोशनी के साथ

मैं भी बहुत अज़ीब हूँ दुनिया भी है अज़ीब
धोखे हज़ार है यहाँ हर आदमी के साथ

चैनो-क़रार ले गई वहशत की ये हवा
आ कर खड़ा हूँ सामने दीवानगी के साथ

होठों के इस क़ूसूर का अंजाम ये हुआ
पहुँचा हूँ समंदर पे अजब तिश्नगी के साथ

❖❖❖

34

नर्म फूलों सी इक रहगुज़र चाहिए
आप जैसा मुझे हमसफ़र चाहिए

तुझ से मिलने की अब आरज़ू है मुझे
एक लम्हा मुझे मुख़्तसर चाहिए

चंद वादों का कोई भरोसा नहीं
एक वादा सही उम्र भर चाहिए

रात गुज़रे नहीं जाग कर दोस्तो
नींद पूरी मुझे रात भर चाहिए

दीजिए 'बन्धु' को आप दौलत नहीं
कुछ तो पैसे मगर काम भर चाहिए

❖❖❖

35

मान तुम्हारा देंगे पटना
मुट्ठी में कर लेंगे पटना

आओ पास हमारे आओ
हम तुमको समझेंगे पटना

जब तुम से हम दूर हुए तो
तुमको ख़त लिक्खेंगे पटना

चाहे जो सौग़ात हमें दो
दिल में हम रक्खेंगे पटना

काले गोरे मिल जाएँगे
हम उनमें ढूँढेंगे पटना

❖❖❖

36

मैं तो तन्हा रहता हूँ
तुमसे क्या कुछ कहता हूँ

दुनियादारी कब सीखी
अपनी रौ में बहता हूँ

यारी है मौसम से ऐसी
सर्दी गर्मी सहता हूँ

जब भी ग़म ने घेरा है
ख़ामोशी से ढहता हूँ

साफ़ बहुत कहता हूँ मैं
दूध दही कब महता हूँ

❖❖❖

37

कभी मेरा कहा तुम मान लेते
मैं क्या हूँ तुम ज़रा पहचान लेते

नहीं पैरों मे चुभते चंद काँटे
हमारा कुछ कहा तो मान लेते

मैं क्या हूँ क्या नहीं मालूम होता
कभी पढ़ जो मेरा दीवान लेते

ज़रूरत क्या थी नज़रें फेरने की
मुहब्बत से ही मेरी जान लेते

इरादे 'बन्धु' जो दिल में हैं तेरे
उन्हें सच करने को ही ठान लेते

❖❖❖

38

वक़्त की भीड़ में खो गए
क्या से क्या हम यहाँ हो गए

उनके आँसू चुरा कर कभी
एक पल के लिए रो गए

हमने सींचा चमन को नहीं
यूँ ही कुछ बीज हम बो गए

चंद शब्दों की गंगा बही
मैल अपने वो सब धो गए

आँधियाँ क्या उठीं राह में
हम जहाँ थे वहीं खो गए

मरते दम तक पिता जी मेरे
फ़र्ज़ का बोझ ही ढो गए

बन सके 'बन्धु' उनकी तरह
बस इसी सोच में खो गए

❖❖❖

39

मैं तो एक किसान रहा हूँ
मौसम का संताप सहा हूँ

घर में चहल पहल रहने दो
चुप रह कर मैं रोज़ ढहा हूँ

वर्षा ही क़िस्मत है मेरी
दरिया दरिया रोज़ बहा हूँ

तूफ़ानों से लड़ना सीखा
हर मौसम की मार सहा हूँ

चौपालों पर सोते 'बन्धु'
सपने हर दिन रोज़ गहा हूँ

❖❖❖

40

ज़माने में कोई रुसवा नहीं है
यहाँ मुझसा कोई मिलता नहीं है

हजारों बार मैने की है कोशिश
उसे छत पर कभी देखा नहीं है

उसे क्या दर्द का होगा पता भी
कि जिसने ज़ख्म को परखा नहीं है

उसे दुश्मन कहेंगे हम यक़ीनन
जो खुल कर सामने कहता नहीं है

तुम्हारी आँख में जादू छुपा है
मगर तुमने ही ये समझा नहीं है

❖❖❖

41

चले आओ तुम्हें दिल ढूँढ़ता है
कहाँ हो तुम ये मुझसे पूछता है

नहीं रह पाऊँगा उसके बिना मैं
ये सच है कि वो मेरा देवता है

दवा दो या करो हक़ में दुआएँ
वो मेरे ख़्वाब को भी रौंदता है

न अब साथी रहा कोई भी मेरा
कहानी मेरी सब वो जानता है

हुआ है 'बन्धु' अब बिलकुल अकेला
मगर कोई नहीं यह मानता है

❖❖❖

42

हम उन्हें चाहते हैं कुछ समझे
इक ज़रा सरफिरे हैं कुछ समझे

हाय ये हुस्न, ये जमाल उनका
यूँ न पीछे पड़े हैं कुछ समझे

ख़ाक समझेंगे ये जुनून अपना
फिर भी हम पूछते हैं कुछ समझे

बाल बिखरे हुए, फटा दामन
इश्क़ के क़ायदे हैं कुछ समझे

'बन्धु' ने चाहा सबको अपना लें
सो अकेले हुए हैं कुछ समझे

❖❖❖

43

गया वो शख़्स क्या ये शह्र अब वीरान लगता है
भरी महफ़िल का मंज़र भी अजब सुनसान लगता है

ख़बर क्या थी तेरे जाने से होगी ज़िन्दगी मुश्किल
सो जीने से ज़ियादा मरना ही आसान लगता है

बहुत प्यारा सा लगता है जहां में आदमी लेकिन
हवस जब उसकी बढ़ जाए तो इक हैवान लगता है

बहुत ही आरज़ू मिन्नत से उससे बात करता हूँ
मगर मेरा कहा उसको कोई फरमान लगता है

ये तय है दिल धड़कता है मेरा मेरे ही सीने में
कोई तो है मगर 'बन्धु' जो मेरी जान लगता है

❖❖❖

44

आख़िरी ख़त मेरा मिला था तुम्हें
दिल में जो था वही लिखा था तुम्हें

तुम जो आए थे कहने अब न मिलो
जाने उस शाम क्या हुआ था तुम्हें

क्यों मेरा दिल भी दुख गया था बहुत
दर्द क्या हद से भी सिवा था तुम्हें

मुझको तुमसे ज़रा शिकायत थी
मुझसे भी इक ज़रा गिला था तुम्हें

'बन्धु' यूँ ही जहां में फिरते हो
कौन अपना यहाँ मिला था तुम्हें

❖❖❖

45

कभी तो आग सी कोई तेरे सीने में गुज़रेगी
ज़रा सी ग़र्मजोशी सर्द से लहजे में गुज़रेगी

कभी फ़ुर्सत में कर ले तू इबादत उस ख़ुदा की भी
ये सारी उम्र वर्ना लोगों के सजदे में गुज़रेगी

क़दम आगे बढ़ाता चल पकड़ उम्मीद का दामन
नहीं तो ज़िन्दगी हरदम गिले शिकवे में गुज़रेगी

अगर अहसास के धंधे में भी डोले तेरा ईमान
समझ ले ये मुहब्बत हर घड़ी घाटे में गुज़रेगी

नहीं 'बन्धु' के पाँवों को है मंज़िल की कोई चाहत
वो चलता ही रहेगा ज़िन्दगी रस्ते में गुज़रेगी

❖❖❖

46

नज़रों से तेरी खुद को गिराए न जाएँगे
क़िस्से हमारे ग़म के सुनाए न जाएँगे

कोशिश हज़ार आप करें भूलने की पर
हम वो हैं भूल कर भी भुलाए न जाएँगे

अपना चलन यही है कि परदे में ग़म रहे
लेकिन वो ज़ख़्मे दिल हैं छुपाए न जाएँगे

काटों की देख रेख ने ऐलान ये किया
अब बाग़-ए-दिल में फूल खिलाए न जाएँगे

ये 'बन्धु' हाथ सबसे मिलाएगा तो मगर
हिम्मत नहीं सो दोस्त बनाए न जाएँगे

❖❖❖

47

दिल से जो अगर चाहो तो क्या नहीं मिलता है
तुम ये न भले मानो पर होता तो ऐसा है

कुछ भी हो मेरी चाहत पर आज जो हासिल है
उल्फ़त का असर तेरी या रब का करिश्मा है

होना है फना तुमको तो इसमें उतर जाओ
ये इश्क़ हक़ीक़त में इक आग का दरिया है

चाहा है तुम्हें इतना बतलाऊँ तुम्हें कैसे
छोड़ो, यही मानो कि मैंने तुम्हें चाहा है

है 'बन्धु' यही कहता क़ुर्बान-ए-वफ़ा हो जा
उल्फ़त के सिवा जग में कुछ और न रक्खा है

❖❖❖

48

कितना अच्छा लगता है तुमसे मिलना
कहना कैसा लगता है मुझसे मिलना

पास कोई अपना हो तो ग़म घटता है
नहीं चाहते हम जिससे तिससे मिलना

सबसे मिलना- जुलना है आसान बहुत
लेकिन कितना मुश्किल है ख़ुद से मिलना

बीच में इतने लोगों के मिलना है कठिन
सो मिलना तो एक ज़रा बच के मिलना

कितने-कितने यार नहीं है 'बन्धु' के
पूछो उससे चाहता है किससे मिलना

❖❖❖

49

जब नज़र उनकी टेढ़ी होती है
सीधे दिल पे ही वार करती है

सुनो, हँस कर मिला करो सबसे
हँसने से उम्र लंबी होती है

वो गया, याद को तो ठहरा लो
हिज्र की रात यूँ न कटती है

ये कहानी सुनी-सुनी सी लगी
ग़म की बात एक जैसी होती है

दे के दिल 'बन्धु' ने ख़रीदा ग़म
होंठ हँसते हैं आँख रोती है

❖❖❖

50

तेरा ही नाम है क्या हाथों की लकीरों में
यानी कि हम भी ठहरे उल्फ़त के अमीरों में

ये कैसा दौर आया हर वार बेअसर है
अब कुंद हुआ खंजर, है ज़ंग इन तीरों में

हम क़ैद में तेरे हैं बस इसकी ही चाहत थी
हम भी तो हुए शामिल अब तेरे असीरों में

आवाज़ नहीं आती अब कोई भी अन्दर से
ये कैसी ख़मोशी है हम सब के ज़मीरों में

देता है सदा सबको हर दर पे वो जाता है
'बन्धु' का नाम अव्वल चाहत के फ़कीरों में

❖❖❖

51

आया नहीं हूँ खुद यहाँ, लाया गया हूँ मैं
जो सबको दिख रहा हूँ दिखाया गया हूँ मैं

ग़म और अश्क, दर्द, मुसीबत कि आफ़तें
जितने भी दुख हैं उनसे सजाया गया हूँ मैं

चढ़ने का और गिरने का है तजरबा बहुत
चढ़ कर बुलंदियों पे गिराया गया हूँ मैं

उल्फ़त के कारोबार में मेरा था ये वजूद
इक क़र्ज था किस्तों में चुकाया गया हूँ मैं

'बन्धु' मेरी कहानी में बस एक बात है
आया था बनके अपना पराया गया हूँ मैं

❖❖❖

52

इस तरह भी न पराई हो नज़र
बेरूख़ी से ज्यों मिलाई हो नज़र

एक लम्हा ही सही साथ तो दो
बाद मुद्दत के तुम आई हो नज़र

तुम गए तो लगा इस दुनिया ने
इस मुहब्बत पे लगाई हो नज़र

वैसे दुनिया की नज़र क्या लगना
जबकि तुझमें ही समाई हो नज़र

कोई आफ़त हो मगर ये न हुआ
डर के 'बन्धु' ने गिराई हो नज़र

❖❖❖

53

तुमसे दूर चला जाऊँगा देखते ही रह जाओगे
और नहीं वापस आऊँगा देखते ही रह जाओगे

वैसे तुम भी रह ही लोगे महलों की रंगीनियों में
मैं भी नहीं यूँ पछताऊँगा देखते ही रह जाओगे

तुम तो हक़ीक़त की नगरी में हरदम रहते आए हो
मैं सपने बुनकर लाऊँगा देखते ही रह जाओगे

और तुम्हारा हासिल क्या है हीरे-मोती से पत्थर
दिल की दौलत मैं पाऊँगा देखते ही रह जाओगे

सारे नफ़रत करने वालो, 'बन्धु' तुमसे कहता है
प्रेम तराने मैं गाऊँगा देखते ही रह जाओगे

❖❖❖

54

जो ज़ख़्म लगाया तो मरहम भी लगाना क्या
रह रह के दीवाने को इस दरजा सताना क्या

वो आके मुझे पूछे क्या सच है बता दूँगा
हर बात ज़माने को बेवजह बताना क्या

नद्दी के किनारे पे हर शाम क्यूँ जाते हो
भूली हुई यादों को रह रह के बुलाना क्या

गाँवों की हसीं बातें इस शह्र के कुछ क़िस्से
ख़ामोश दिवारों को अब जा के सुनाना क्या

ये शख़्स जो है 'बन्धु' वो पूरा है दीवाना
दुनिया में रहें कैसे ये उसको सिखाना क्या

❖❖❖

55

आख़िरी ख़त है हमारा अब नहीं मिल पाएँगे
नज़रें तो ढूंढेंगी तुमको इनको हम समझाएँगे

वक़्त बदला तुम भी बदले और बदला ये जहाँ
आ गया है सब समझ में अब न धोखा खाएँगे

इक हवस में रात दिन दुनिया यहाँ मसरूफ़ है
इक ज़रा सोचो यहाँ से क्या भला ले जाएँगे

है तुम्हारे पास दौलत और अपने पास दिल
तुम वही दिखलाओगे और हम यही दिखलाएँगे

'बन्धु' कहता है हमारा इस जहाँ से दिल भरा
अब यही है आस उसकी कब यहाँ से जाएँगे

❖❖❖

56

मुहब्बत मेरी इक सज़ा हो गई है
तलब तेरी हद से सिवा हो गई है

कहाँ खो गई है मेरी नींद, शायद
हसी वादियों में फ़ना हो गई है

अभी तक न भूला मैं वो बात तेरी
यही एक मुझसे ख़ता हो गई है

वो इक याद जिसने सहारा दिया था
अचानक ही वो बेवफ़ा हो गई है

है ज़िद 'बन्धु' की इस अँधेरी डगर पर
कोई टिमटिमाता दिया हो गई है

❖❖❖

57

बचा नहीं है कोई दर जहाँ ये सर झुका नही
कहाँ ये दर्द बाँटिए कि हमनवा मिला नहीं

कहीं पे शाम आ गई कहीं पे रात छा गई
कहाँ वो रोशनी गई है इसका कुछ पता नहीं

खुला था हाथ उसका कि हमारा हाथ बंद था
हमें वो दर्द दे गया और हमने कुछ दिया नहीं

नसीब की ये बात है चले थे साथ-साथ हम
उसे मिली थीं मंज़िलें हमें तो कुछ मिला नहीं

है 'बन्धु' इससे बेख़बर जो उसके साथ है हुआ
शिकायतें उसे नहीं उसे कोई गिला नहीं

❖❖❖

58

कुछ अजब लोग हैं ज़माने में
खोए रहते हैं जो फ़साने में

क्या भला हममें कुछ बुराई थी
क्यों लगा था वो आज़माने में

उसने पूछा था सिर्फ़ नाम मेरा
देर मुझको लगी बताने में

कोई अपना कोई पराया है
आ गए कैसे हम ज़माने में

'बन्धु' के दिल में बस मुहब्बत है
कितनी दौलत है इस ख़ज़ाने में

❖❖❖

59

हमारी मुहब्बत का कुछ तो सिला दे
भले दूर ही रह मगर मुस्कुरा दे

मैं ज़िन्दा हूँ लेकिन नहीं जी रहा हूँ
कोई जा के उनको ज़रा ये बता दे

वो जाते हुए कह गया है ये मुझसे
मुझे और यादों को मेरी भुला दे

अगर दूरियाँ हैं अगर फ़ासले हैं
तो ख़्वाबों में आके झलक तो दिखा दे

हुआ 'बन्धु' अब तो फ़क़ीरे-मुहब्बत
बुज़ुर्गे-मुहब्बत को ये इत्तिला दे

❖❖❖

60

उड़ गया पंछी रह गया ख़ाली पिंजरा मेरे आँगन का
उसकी वफ़ाएँ याद रहेंगी वो था उजाला जीवन का

उसकी सदाओं में रंगत थी उसकी अदा में थी चाहत
पहला पहला गीत था मेरे पहले पहले सावन का

पहले तो इक ख़ामोशी-सी हर पल गूँजा करती थी
बनकर वो संगीत था आया मेरे इस वीराँ मन का

हम उसके जब साथ थे होते अक्स मुकम्मल होता था
जब से गया वो छोड़ के हमको मुँह भी न देखा दरपन का

किसकी बाट भला जोहेगा किसके पास वो जाएगा
वो ही था बस एक सहारा 'बन्धु' के अपनेपन का

❖❖❖

61

ज़िक्र किसी का होगा तो बस नाम तुम्हारा होगा
हूँ पंछी मैं कहीं रहूँ पर गाम तुम्हारा होगा

रंजिश की राहों पे जब हम साथ चले तय ये है
जहाँ पे पहुंचूँगा मैं वो ही अंजाम तुम्हारा होगा

मेहनत और दौलत के रिश्ते का हासिल है इतना
काम करूँगा मैं लेकिन इनआम तुम्हारा होगा

छत पर तुम, गलियों में मैं, तकता रहता हूँ तुमको
गिरे कोई काग़ज़ तो लगे पैग़ाम तुम्हारा होगा

वैसे 'बन्धु' प्यासे तुम हो कब से मयख़ाने में
जाम जो अब आए उसपर भी नाम तुम्हारा होगा

❖❖❖

62

याद करके तुम्हें मुस्कुराता रहा
मैं बहारों को नग़मे सुनाता रहा

ख़ुशबुएँ घुल गई मेरे अहसास में
गीत मैं प्यार का गुनगुनाता रहा

वस्ल तेरा ख़याली हिंडोले सा ही
पास आता रहा दूर जाता रहा

मुफ़लिसी के अंधेरे सियह पृष्ठ पर
एक बच्चा सितारे बनाता रहा

'बन्धु' वादा वफ़ा कोई कर ना सका
उम्र भर ग़म यही उसको खाता रहा

❖❖❖

63

सैर उस बाग़ की किया करते
प्यार के गुल जहाँ खिला करते

दूसरा काम तो जँचा ही नहीं
इश्क़ करते थे और क्या करते

फेर लेता अगर नज़र वो इधर
तब ज़रा हम भी हौसला करते

वो जो फ़रहाद, क़ैस, राँझा थे
मिल जो जाते तो मश्वरा करते

'बन्धु' राहों पे मिल वो जाते हैं
रोज़ ख़्वाबों में भी मिला करते

❖❖❖

64

सन्नाटों का शोरो ग़ुल है मन का बिखरा आँगन है
दिल का दरिया सूख चुका है पर आँखों में सावन है

हम भी हैं नादाँ तुम भी हो नादाँ और ज़माना दुश्मन है
इश्क़ हमारा कैसे बचेगा सोच में डूबा ये मन है

जब से दूर हुआ वो हमसे है वीराँ सा इक कमरा
बिखरा हुआ है दिल का चेहरा टूटा हुआ इक दरपन है

हुस्न की गलियों में सन्नाटा इश्क़ के दर पर तन्हाई
एक जुदाई का जंगल है जिसमें बस इक सन-सन है

चेहरा देख के बातें करके उसको जान नहीं पाए
हमने तो समझा था रहबर पता चला वो रहज़न है

ख़्वाबों में अब तक ज़िन्दा है यौवन का हँसता मौसम
और चाकू पर धार लगाती दिखती इक बंजारन है

इश्क़ की राहों पर 'बन्धु' जी चल तो पड़े हो सोचो भी
उस गोरी का दिल है काला रूप भले ही मक्खन है

❖❖❖

65

इश्क़ में हार कर भी हम जीते
फिर भी ऐसा लगा कि कम जीते

ये मुहब्बत का खेल भी है अजीब
जाँ गई फिर भी दम-ब-दम जीते

फूल सा चेहरा झील सी आँखें
और ज़ुल्फ़ों के सारे ख़म जीते

ज़िन्दगी ने ज़रा शरारत की
सो ख़ुशी हारी और ग़म जीते

ख़ाक गलियों की छानी 'बन्धु' ने
देख मिट्टी के वो सनम जीते

❖❖❖

66

इश्क़ में क्या तुम सहारा माँगते हो
उससे इक हल्का इशारा माँगते हो

दिल से तो उसने तुम्हें बाहर किया है
ख़्वाब का उसके गुज़ारा माँगते हो

डूबता है कौन इतने गहरे कहना
बेवजह अब क्यूँ किनारा माँगते हो

बुझ गए हैं सारे दीपक उल्फ़तों के
और तुम रोशन सितारा माँगते हो

'बन्धु' हो नादान कैसी ज़िद तुम्हारी
बुझ गईं नज़रें नज़ारा माँगते हो

❖❖❖

67

हुआ जिनके लिए है दिल दिवाना
मैं हर पल ढूँढता उनका ठिकाना

कोई शिकवा कोई अनबन नहीं है
मुझे अच्छा लगे उनका सताना

मुहब्बत की गली को छोड़ के अब
कहाँ होगा भला अपना ठिकाना

अजब फैला हुआ मंज़र यहाँ पे
यहाँ हर शख़्स लगता है दिवाना

तड़प ऐसी कि बिन पानी के मछली
ज़रूरी है बहुत उनको बताना

दिखे हैं आज इस महफ़िल में वे तो
है सच क्या ये ज़रा उनको बताना

चले हो जानिब-ए-मंज़िल जो 'बन्धु'
पता है क्या तुम्हें उनका ठिकाना

❖❖❖

68

मैं उसे छोड़ गया या वो मुझे छोड़ गया
बात इतनी है कि दिल कोई मेरा तोड़ गया

दिल में नद्दी थी बहा करती थी तेरी जानिब
जाने अनजाने में रुख़ उसका कोई मोड़ गया

ख़्वाब में मुझको दिखा इक मेरा सुन्दर कोलाज
बिखरे बिखरे मेरे जज़्बात वो ही जोड़ गया

मैंने सोचा भी न था इतना बदल जाएगा वो
फिर भी कैसे कहूँ विश्वास मेरा तोड़ गया

सफ़र में 'बन्धु' था पाँवों में उसके छाले थे
एक काँटा था मगर आबले सब फोड़ गया

❖❖❖

69

सावन का बादल तो आता है
पर प्यासा कोई रह जाता है

हम ऐसे थोड़े गरमाते हैं
कोई तो हमको उकसाता है

देखते देखते थकती हैं आँखें
कहाँ संदेशा कोई लाता है

चोट लगी है सीने में ऐसी
बैठ गए हम वो तो जाता है

कब तक यूँ यादें ढोओगे 'बन्धु'
जो मिलता है वो समझाता है

❖❖❖

70

ईमान इस जहान में पैसा है आजकल
अच्छाई तो फ़रेब है धोखा है आजकल

ये दोस्ती, ये प्यार टिकेंगे भी कब तलक
दिल चीज़ क्या है एक खिलौना है आजकल

हमलोग अपने वादों से जल्दी मुकर गए
ये रोग भूल जाने का फैला है आजकल

जो कल हमारा भाई था दुश्मन उसे कहें
ये खेल भी सियासती निकला है आजकल

दुनिया में सिर्फ़ प्यार से मतलब है 'बन्धु' को
वो इस जहां में इसलिए तन्हा है आजकल

❖❖❖

71

हमें था तख़्त से किसने उतारा याद रहता है
वहाँ पर था न कोई भी हमारा याद रहता है

मुसीबत में मदद हर शख़्स से थोड़े ही माँगी थी
मगर किस किस को था हमने पुकारा याद रहता है

कभी तो याद का दामन, कभी तो ख़्वाब का आँचल
हमें तन्हाई का हर इक सहारा याद रहता है

भले कुछ भूल बैठे हों जो गुज़री थी मुहब्बत में
मगर उस शोख़ का पहला इशारा याद रहता है

यही है 'बन्धु' का जलवा यही तो है कशिश उसकी
मिला जो उससे वो उसको दुबारा याद रहता है

❖❖❖

72

हमें निशाना मुहब्बत में जो बनाया है
तो हमने तीर भी हँस हँस के दिल पे खाया है

हम अपनी आँख से देखें भी तो यक़ीन करें
जो हाल लोगों ने उसका हमें बताया है

वो कह रहा है कहानी उसी ने है लिक्खी
मगर ये क़िस्सा तो लगता सुना सुनाया है

बहुत दिनों से न आहट किसी के आने की
बहुत दिनों से ये लगता है कोई आया है

अजीब शख़्स है नफ़रत के दौर में 'बन्धु'
संदेशा प्रेम का वो साथ अपने लाया है

❖❖❖

73

वक़्त के ही तो पन्ने पलटते रहे
अपने ही आप में यूँ सिमटते रहे

एक लम्हे का आग़ोश फिर दूरियाँ
उनकी यादों से फिर भी लिपटते रहे

एक पल में ही मंज़िल कोई पा गया
हम तो राहों पे तलवे घिसटते रहे

जाने दुनिया को कैसी हवा लग गई
हम तो दिल से मिले, लोग कटते रहे

सब की नज़रों में कोई कहाँ से चढ़ें
कुछ की नज़रों में 'बन्धु' खटकते रहे

❖❖❖

74

हिन्दू, मुस्लिम, सिख, ईसाई, गोरों का और कालों का
सबका हक़ है एक बराबर देश में रहने वालों का

अब तो डर ये लगता है कि अपनी हिफ़ाज़त कौन करे
लूटने आते हैं वो जिनका चेहरा है रखवालों का

कैसा अँधेरा छाता जाता, कैसी काली रात हुई
ख़्वाब कभी देखा था हमने हर जानिब उजियालों का

ये मधुशाला प्यार की लगता है कब से है बन्द पड़ी
सूख गई है सारी सुराही हाल बुरा है प्यालों का

क्या करते हो जब कोई पूछे 'बन्धु' यही बस कहता है
मेल मिलाप और प्यार मुहब्बत काम है हम दिलवालों का

❖❖❖

75

तू पूछेगा हाल है कैसा हम तो कहेंगे कुछ भी नहीं
कह देंगे गर, तेरे मुक़ाबिल हम तो बचेंगे कुछ भी नहीं

ज़ुल्मो-सितम करते जाते हो आख़िर कोई हद होगी
सुन लेना ये फ़ैसला मेरा अब तो सहेंगे कुछ भी नहीं

दौलत, इज़्ज़त, शोहरत के चश्मे से गर तुम देखोगे
प्यार-मुहब्बत के ये नज़ारे तुमको दिखेंगे कुछ भी नहीं

आप लुटाते रहिए दौलत प्यार की घर-घर, गली-गली
बदले में ये दुनियावाले आपको देंगे कुछ भी नहीं

'बन्धु' का तो एक है मज़हब इंसानों से प्यार करो
करना उनको सिर्फ मुहब्बत और करेंगे कुछ भी नहीं

❖❖❖

76

दर्दमंदों को क्या दवा दोगे
दर्द कुछ और ही बढ़ा दोगे

चैन मरने से हमको आएगा
तुम तो जीने की बद्दुआ दोगे

मेरी ख़ातिर तो बेवफ़ाई है
खुल के ग़ैरों को तुम वफ़ा दोगे

इक ज़रा सा ख़याल आया था
तुम मुहब्बत का आसरा दोगे

यार तुम भी अजीब हो 'बन्धु'
आग सीने में इक लगा दोगे

❖❖❖

77

तेरा चेहरा जो जगमगाया है
क्या कोई और शख़्स आया है

वो मेरे पास हो के गुज़रा है
मुझपे यकदम सुरूर छाया है

खटखटाया है दर हवाओं ने
ये लगा मुझको, तू ही आया है

ये अजब तौर है ज़माने का
कोई अपना, कोई पराया है

'बन्धु' अपना ही बोझ क्या कम था
सारी दुनिया का बोझ उठाया है

❖❖❖

78

पास कोई आता है फिर वो दूर बहुत ही जाता है
भूलभुलैया-सा लगता है ये जो रिश्ता-नाता है

हमको लगता है हमने ही दूरी सारी तय की है
सच तो ये है माँझी ही नैया को पार लगाता है

दूर नदी में कश्ती पर बैठा है कोई हमराही
एक सलोना ख़्वाब है जो अक्सर हमको भरमाता है

वैसे डट कर मिलते हैं हम सामने कोई भी आए
फिर अंदर ही अंदर कोई शख़्स बहुत शर्माता है

'बन्धु' को मतलब ही नहीं है चिकनी चिपुड़ी बातों से
सीधा सादा शख़्स है वो बस दिल का हाल सुनाता है

❖❖❖

79

इक नया रोग फिर से मैं पालूँ
या कि यादों से दिल को बहला लूँ

लहरों की मौसिक़ी मिली है मुझे
क्यूँ न साहिल पे गीत इक गा लूँ

इक हक़ीक़त है एक ख़्वाब सा है
एक गुत्थी है कैसे सुलझा लूँ

मेरे जैसा तो वो कभी न हुआ
ख़ुद को क्या उसके अक्स में ढालूँ

'बन्धु' मैं तो निकल गया घर से
उसकी गलियों में पाँव कब डालूँ

❖❖❖

80

वो मिलता रहा था मगर फ़ासले से
मुहब्बत का था जो असर फ़ासले से

चले साथ तो हाथ भी तो पकड़ ले
इनायत न कर हमसफ़र फ़ासले से

हमेशा लगा कि मेरे साथ हो तुम
हमेशा रहा बेख़बर फ़ासले से

क़रीब आया तो देखी उसकी बुलंदी
दिखा जो मकाँ मुख़्तसर फ़ासले से

न जाने क्यों 'बन्धु' ने देखा तड़प कर
वो बुझता दिया रात भर फ़ासले से

❖❖❖

81

ऐसा लगा कि राह निकल आई राह से
चाहत जवान हो गई छोटी-सी चाह से

वो संगदिल था उसको न परवाह थी मेरी
कुछ भी न बन पड़ा था मुहब्बत में आह से

उसके क़रीब आए तो जलने लगा बदन
शोले निकल रहे थे यूँ उसकी निगाह से

जिसमें ज़लील होना पड़े हमको रात दिन
बाज आए हम भी आपकी ऐसी पनाह से

शेरों पे दाद मिल ही गई सामईन से
'बन्धु' निहाल हो गया इस वाह-वाह से

❖❖❖

82

क्या जानूँ मैं साथ मेरे क्यूँ ऐसा-वैसा तुमने किया
छिपी हुई जो एक बात थी उसको फ़साना तुमने किया

साथ रहे, दिल तोड़ दिया और ये भी एक पहेली है
कोई गिला मैंने न किया और कोई न शिकवा तुमने किया

अपनी उम्मीदें टूटी-बिखरी, आस अपनी घायल-घायल
तुमने तो हरदम वो पाया जो भी इरादा तुमने किया

गुपचुप-गुपचुप प्यार हमारा, एक कसक थी दबी हुई
अच्छा तो उसको न कहेंगे दिलबर जैसा तुमने किया

'बन्धु' की बातों का मतलब साफ़ हमेशा होता था
उनमें सौ मतलब निकाल कर उसको रुसवा तुमने किया

❖❖❖

83

हमको इस बात का सच मानिए गिला ही नहीं
था न मौजूद हमें इसलिए दिखा ही नहीं

वैसे तो दिल में मेरे वो हमेशा रहता है
और बाहर वो कहाँ रहता है पता ही नहीं

मेरा मुंसिफ़ था ज़रा बहरा, मैं ज़रा गूंगा
मगर गुमाँ हुआ उसने मुझे सुना ही नहीं

मुझे जो देना है वो तो ज़रा-सा हटके हो
इसी गुमान में दुनिया को कुछ दिया ही नहीं

'बन्धु' जो भी हो अलग ही ज़रा सा लगता है
सबको मालूम है बस उसको ये पता ही नहीं

❖❖❖

84

याद तुम्हारी आती है
दिल को तड़पा जाती है

रात कहाँ हम सोते हैं
नींद कहाँ अब आती है

तन्हा-सी इक दीवानी
आस का दीप जलाती है

थके हुए मन की चिड़िया
गीत थका-सा गाती है

'बन्धु' की चाहत उसको
प्रेम का पाठ पढ़ाती है

❖❖❖

85

रहकर मेरे वो साथ अचानक जुदा हुआ
अपनी ख़ता थी, हाथ में या था लिखा हुआ

साया सा चल रहा था अँधेरों में गुम हुआ
ये अपनी ज़िन्दगी में अजब हादसा हुआ

उसने मुहब्बतों से उठाया था हाथ में
राहों पे एक दिल था जो कुचला पड़ा हुआ

खिड़की भी बन्द अब हुई उस ग़मगुसार की
दरवाजा जहाँ था मेरी ख़ातिर खुला हुआ

वो ख़्वाब था वहम था कि धोखा था या गुमान
इस सोच में है 'बन्धु' अभी तक पड़ा हुआ

❖❖❖

86

तुम मेरी महबूबा हो
या कोई इक धोखा हो

ये भी कोई मौसम है
जैसे पत्ता सूखा हो

प्यास बुझाते तुम कैसे
तुम इक सूखा दरिया हो

जागती आँखों से देखा
तुम इक ऐसा सपना हो

ऐसे देखते हो जैसे
'बन्धु' एक तमाशा हो

❖❖❖

87

जुबां पर लफ़्ज़ पहले तोलता है
वो हमसे जब कभी कुछ बोलता है

अदा से होंठ पे रखता है ऊंगली
वो सारे राज़ यूँ ही खोलता है

नज़र में उसकी जैसे इक ज़ुबां हो
वो चुप रहकर भी कितना बोलता है

हुआ हाकिम का जो बस इक इशारा
वो कठपुतली की सूरत डोलता है

जहां में 'बन्धु' बस इक प्यार का लफ़्ज़
मेरे कानों में अमृत घोलता है

❖❖❖

88

वो झपटा है कोई तलवार बनकर
मिला था जो कभी ग़मख़्वार बनकर

सफ़र में जब चला मंज़िल की जानिब
खड़ी थी राह ही दीवार बनकर

तबाही वो मचाता जा रहा है
जो उभरा था कभी अवतार बनकर

जुदाई की कड़ी जब धूप निकली
तो यादें आ गईं अशजार बनकर

लुभाता ही रहा 'बन्धु' सभी को
इन्हीं महफ़िल में इक फ़नकार बनकर

❖❖❖

अशजार-शजर (पेड़) का बहुवचन

89

थे जाने–पहचाने तुम
हो गए अब बेगाने तुम

खोल दिया दिल को मैंने
एक ज़रा नहीं माने तुम

सच ही तो मैंने था कहा
और लगे झल्लाने तुम

हाथ पे अपने नाम मेरा
आए थे लिखवाने तुम

'बन्धु' ने छेड़ा नग़मा
और हुए दीवाने तुम

❖❖❖

90

चंद पैसो की ख़ातिर ये क्या हो रहा
भाई से भाई देखो जुदा हो रहा

बँट रहे हैं यहाँ घर भी ख़लिहान भी
अपना अपनों से ही अब ख़फ़ा हो रहा

अंधे ख़्वाबों की है दौड़ इतनी बड़ी
शह्र तक गाँव का रास्ता हो रहा

आँख से होड़ लेने लगे अब्र भी
हाय मौसम भी क्या ग़मज़दा हो रहा

अब ये 'बन्धु' भला कर भी सकता है क्या
मन ही मन घुट के ये सिरफिरा हो रहा

❖❖❖

91

इस इश्क़ की दुकाँ के तलबगार तुम भी हो
हम ही नहीं हैं सिर्फ़ ख़रीदार तुम भी हो

बैठे हुए हैं हम भी तो साहिल पे प्यार के
कश्ती पे इधर आने को तैयार तुम भी हो

तोड़ी हर एक रस्म कि बस तुमको देख लें
हमने ख़ता जो की तो गुनहगार तुम भी हो

मेरी ज़रा-सी बात तुम्हें इतनी चुभ गई
रक्खे हुए ज़ुबां पे तो तलवार तुम भी हो

बातों में 'बन्धु' की है अजब शक्ति सी कोई
वो दिल में है तुम्हारे तो दमदार तुम ही हो

❖❖❖

92

हमने देखा था तुम्हें, हमने सराहा था तुम्हें
पर ये लगता है कोई और ही प्यारा था तुम्हें

मेरी रग-रग में लहू बनके बहा करते हो
दिल के शीशे में क़रीने से उतारा था तुम्हें

तुम तो कहते थे जुदाई में न जी पाओगे
है ये अफ़सोस बहुत ही बड़ा धोखा था तुम्हें

ख़्वाब में आते हो तो पूछ मैं पाता हूँ नहीं
क्यूँ ख़फ़ा हो गए किस बात का ग़ुस्सा था तुम्हें

'बन्धु' दिल खोलके रखने लगे सबके आगे
तुम तो वो करने लगे जो नहीं करना था तुम्हें

❖❖❖

93

छोटी बातें दिल को छू लें और बड़ी बातें बहलाएँ
लेकिन ये दुनिया है प्यारे, जादूगर ही दिल ले जाएँ

लोग यहाँ के कितने भोले खुश हो जाएँ करतब से
तख़्त पे ले जाकर जोकर को अपनी मरज़ी से बिठलाएँ

रोटी–दाल नहीं मिलती धँधा भी सारा मंदा है
फिर भी झूठे वादों के ही पीछे सब के सब लग जाएँ

जात–धरम के झगड़ों में ही प्यार का बंधन टूट गया
हाकिम का तो एक ही पेशा जितना लोगों को बंटवाएँ

'बन्धु' हम तो कहते हैं कि प्यार करो नफ़रत छोड़ो
साँस हमारी फूल गई है कितना अब सबको समझाएँ

❖❖❖

94

पूछते हो कि क्या हुआ तुमको
मैं जो था वो नहीं दिखा तुमको

ज़िन्दगी मुझसे बदगुमाँ क्यूँ हो
क्या नहीं मैंने है दिया तुमको

मेरा तरकश तो हो गया ख़ाली
कौन सा तीर है चुभा तुमको

तुम भी जाने हो चारागर कैसे
दर्द मेरा लगे दवा तुमको

'बन्धु' उसने तुम्हें हैं ज़ख़्म दिए
और ज़रा भी नहीं गिला तुमको

❖❖❖

95

तेरे बिन अब कहाँ गुज़ारा है
दिल मुहब्बंत का तेरी मारा है

रूठ कर जा रहा है जाने कहाँ
तू ही तो इक मेरा सहारा है

मेरे पीछे न आ तू मुड़ के देख
तेरे पीछे जहान सारा है

मेरी सजधज तो देख तेरे बग़ैर
तेरी यादों ने क्या निखारा है

'बन्धु' देखा न कुछ दिनों से उसे
मेरी क़िस्मत का जो सितारा है

❖❖❖

96

मेरा दिल तो इक सराय है दर्द के राही आते हैं
भूल के अपनी मंज़िल मेरे दिल में ही रह जाते हैं

काम-धाम में जी नहीं लगता, दुनियादारी बेमानी
नदी किनारे बैठ के हम तो प्रेम-तराने गाते हैं

ये दुनिया कितनी कठोर है रहनेवाले पत्थर-दिल
अपने दिल के टूटे दरपन को अक्सर समझाते हैं

मेरे दिल की गहराई में अश्कों के मोती बिखरे
सब्र नहीं कर पाते हैं जो वो आँसू छलकाते हैं

जाने कबके चले गए वो जो अपने साथी थे 'बन्धु'
लेकिन कुछ साए रह-रहकर मन को क्यूँ भरमाते हैं

❖❖❖

97

ज़रा सा सब्र कर लेंगे तो शायद वो भी आ जाए
ज़रा ग़म से निखर लेंगे तो शायद वो भी आ जाए

हमें मतलब नहीं आए न आए वो हमारे घर
उसे हम भी बिसर लेंगे तो शायद वो भी आ जाए

जुदा हमसे हुआ था वो जहाँ, कब से वहीं हैं हम
ज़रा-सा और ठहर लेंगे तो शायद वो भी आ जाए

अभी तो दर्द के दरिया में हमने पाँव डाले हैं
ज़रा गहरा उतर लेंगे तो शायद वो भी आ जाए

भले 'बन्धु' अकेले चल पड़े उल्फ़त की राहों पर
किसी को दिल में भर लेंगे तो शायद वो भी आ जाए

❖❖❖

98

जाते-जाते ये कर गया होगा
मुझपे इल्ज़ाम धर गया होगा

ये पता चलते हम इधर हैं गए
वो ये तय है उधर गया होगा

जा के नद्दी किनारे बैठेगा
बज़्म से वो अगर गया होगा

इल्म तुझको नहीं है तेरे बाद
वो तो पूरा बिखर गया होगा

थक गए हैं ये सोच-सोच के हम
'बन्धु' आख़िर किधर गया होगा

❖❖❖

99

ख़्वाब मे मेरे आने वाले घर अपने कब आओगे
यादों मे तो हर पल रहते पर मिलने कब आओगे

जिन सपनों को देखा हमने उनको साथ सजाना है
बात दबी है दिल में उसको तुम सुनने कब आओगे

हमने तो दिल ही दिल में हैं कितनी बातें कह डाली
तुमने भी कुछ सोचा होगा वो कहने कब आओगे

आकर तुम तो चले गए थे फिर तो रात न बीती है
हाथ में लेकर सुबह हमेशा ही रहने कब आओगे

'बन्धु' तो बस आस लगाए दर को तकता रहता है
कहना, दूर उसकी बेचैनी को करने कब आओगे

❖❖❖

100

वो कोयल की कू-कू वो सरसों की ख़ुशबू न जाने कहाँ और कब खो गई है
ज़रा ढूँढ लो तुम वो अपनी विरासत जो गाँव में थककर कहीं सो गई है

वो बाँहों का बन्धन, वो मिलजुल के रहना वो ईद और होली को मिलकर मनाना
समय कैसा आया कि बीज एक नफ़रत का गन्दी सियासत यहाँ बो गई है

ये धन और दौलत का कैसा असर है कि नेकी से सारा जहाँ बेख़बर है
हुकूमत की ताक़त तो साबुन की तरहा गुनहगारों का हर गुनह धो गई है

किसी आँख में रोशनी ही नहीं है हर एक जिस्म में एक पत्थर का दिल है
ये इंसानियत तो बहुत चोट खाई बहुत रुसवा होकर अभी लो गई है

मगर दिल में 'बन्धु' के है आस अबतक कि बदलेगा इक दिन चलन ये जहां का
चलेंगे सभी साथ मिलकर कभी तो भले एक दूरी अभी हो गई है

101

अपनी मुहब्बत याद रखेंगे सारे ज़माने सदियों तक
बात करेंगे सूरज चंदा और सितारे सदियों तक

रूह को रोशन रक्खेंगे हम जिस्म फ़ना हो जाएगा
बुनती रहेगी दुनिया भले ही ताने-बाने सदियों तक

तुम हो नहीं मायूस ऐ साथी देखो हमारी ओर ज़रा
साथ चलेंगे मिल के तुम्हारा बोझ उठाने सदियों तक

इश्क़ हो रोशन दुनिया भर में सबको अपना प्यार मिले
गूंजेंगे ये प्रेम-तराने उनको मिलाने सदियों तक

'बन्धु' आवारा है लेकिन सबके दिल में बसता है
उसके लिए आबाद रहेंगे दिल के ठिकाने सदियों तक

❖❖❖

परिचय

अविनाश कुमार (अविनाश बन्धु) का जन्म बिहार के एक छोटे से गाँव फरदा, जिला मुंगेर में हुआ। बचपन से ही इन्हें कुछ अलग करने की चाह थी यही कारण था कि ये कुछ न कुछ नया करने का हर दम प्रयास करते रहते थे। पढ़ाई के साथ-साथ साहित्य और संगीत के प्रति इनकी रूचि काफी थी। यही कारण है कि स्कूल के हर नाटक, संगीत-महोत्सव में ये बढ़-चढ़ कर हिस्सा लेते थे। इनका पैतृक घर बिहार के बेगुसराय जिला अंतर्गत कविया है, परंतु बचपन से ही इनका अधिकांश समय अपने ननिहाल जिला मुंगेर (बिहार) में ही व्यतीत हुआ। ननिहाल में इनके नानाजी पण्डित श्री गजानन पाठक जी शिक्षक थे, साथ ही एक उच्च कोटि के लेखक और गायक थे। जिनसे इनको साहित्य और गायन क्षेत्र में कुछ अलग करने की प्रेरणा मिली। मामा जी, दादा जी एवं इनके पिता जी के कई मित्र संगीत प्रेमी थे, इस कारण इन्हें ये कार्य और भी रुचिकर लगने लगा था। पढ़ाई के उपरांत ये साहित्य और गायन क्षेत्र में लोगों को जागरूक करने के लिए विभिन्न गोष्ठियों, नाटक एवं नृत्य-संगीत में भाग लेते रहे।

इनका मानना था कि संगीत, नृत्य और साहित्य ये ऐसे क्षेत्र हैं जिनमें बहुत काम करने की जरूरत है मेधावी छात्र-छात्राएं सही गाईडलाईन एवं प्रोत्साहन के अभाव में अपने मकसद से दूर होते जा रहे हैं। ये इस विषय पर काफी चिंतन करते रहते थे। यही ललक थी कि जब इन्होंने 2003 में स्कूल के एनुअल फंक्शन में भाषण दिया तो लोगों ने काफी तारीफ की और वर्तमान प्रधानाध्यापक युगेश्वर राय और वर्तमान विधायक रामदेव राय ने इनकी काफी सराहना की और प्रथम पुरस्कार से सम्मानित किया। यह सिलसिला रुका नहीं लगातार विभिन्न मंचों पर इनकी काबलियत का लोगों ने लोहा माना और विभिन्न पुरस्कारों से अनेक संस्थाओं ने इन्हें सम्मानित किया।

2006 में ही इन्होंने डांस एकेडमी ज्वाइन किया जिसमें इन्होंने डांस की प्रोफेशनल ट्रेनिंग ली और इस दौरान अनेक विद्यार्थियों के संपर्क में रहे और उन्हें इस क्षेत्र में कुछ अच्छा करने के लिए प्रोत्साहित किया एवं उन्हें विभिन्न प्रकार के मंच उपलब्ध करवाए।

धन उपार्जन के लिए इन्हें जिंदगी में अनेक प्रकार के कार्य करने पड़े। इन्होंने कॉलेज के प्रचार-प्रसार के लिए भी कार्य किया जिससे कॉलेज के द्वारा इन्हें सहयोग

राशि मिलती थी। जिन्दगी में जिस काम को भी इन्होंने किया पूरी से किया। यही कारण है कि लोगों के बीच में इनकी ख्याति दिन-प्रतिदिन बढ़ रही है। हर किसी के सुख-दुख में ये बराबर हिस्सा लेते हैं। धार्मिक, सामाजिक, साहित्य, शिक्षा एवं सांस्कृतिक क्षेत्र में हर वक्त अग्रणी भूमिका निभाने वाले अविनाश श्बन्धुश की हर वक्त रचनात्मक सोच रही है। समय-समय पर ये लोगों को आर्थिक मदद देकर भी उनका सहयोग करते रहते हैं। तदुपरांत इन्होंने बैनर बंधु इंटरटेनमेंट, शिक्षा विहार, और दिव्य ज्योति फाउंडेशन के माध्यम से लोगों के सपने पूरा करने का मौका दे रहे हैं। बिहार में शिक्षा की अलख जगाने के साथ-साथ संगीत के क्षेत्र में उत्कृष्ट कार्य हेतु बिहार राज्य के उपमुख्यमंत्री रेणु देवी ने इन्हें सम्मानित किया। अविनाश श्बन्धुश के बतौर निर्देशक, लेखक, गायक और अभिनेता के रूप में सैकड़ो एल्बम, शॉर्ट फिल्म, डाक्यूमेंट्री और मोटिवेशनल विडियो हर सोशल मीडिया प्लेटफार्म पर उपलब्ध हैं। इसके अलावा ये गरीब और मेधावी विद्यार्थियों को और गरीब रोगियों को समय-समय पर विभिन्न माध्यमों से आर्थिक सहयोग करते और करवाते रहे हैं। बिहार के प्रख्यात आईपीएस अधिकारी एवं ख्याति प्राप्त वक्ता आदरणीय श्री विकास वैभव जी, उपमुख्यमंत्री तारकेश्वर प्रसाद सिंह एवं कई मंत्रियों, अधिकारियों द्वारा इन्हें सम्मानित होने का सुअवसर प्राप्त हुआ।

इन्हें उपमुख्यमंत्री तारकेश्वर प्रसाद जी के द्वारा 'अंतरराष्ट्रीय युवा सम्मान' 2021, पूर्व मुख्यमंत्री जीतन राम मांझी द्वारा 'शिक्षा रत्न सम्मान', मशहूर अभिनेत्री भाग्यश्री द्वारा 'बिहार हीरो अवार्ड' 2024 एवं मशहूर अभिनेत्री जयाप्रदा द्वारा उभरते कवि एवं अभिनेता 2025 के सम्मान से सम्मानित किया गया।

बिहार में युवाओं के बीच लोकप्रिय अविनाश श्बन्धुश के अथक प्रयास की प्रशंसा पूर्व उपमुख्यमंत्री, कई मंत्रियों, गणमान्य साहित्यकारों एवं प्रशासनिक अधिकारियों ने की। प्रिंट मीडिया और इलेक्ट्रॉनिक मीडिया भी लगातार इनके कार्यों को अपने समाचार पत्र एवं न्यूज चैनल पर प्रसारित करती रही है। सर्व प्रथम 2006 में दैनिक जागरण ने इनके सराहनीय कार्य को अपने अखबार में जगह दिया।

इसी कड़ी में इनकी नई सोच 'दिव्य आलेख' नामक पत्रिका है, जो दो वर्षों से पाठकों के बीच आ रही है। जिसमें ये साहित्यिक, संगीत एवं शिक्षा से जुड़े हुए सभी लोगों को एक प्लेटफार्म पर लाने का भगीरथ प्रयास कर रहे हैं। जिससे लोगों को अपने विचार एवं कला को प्रदर्शित करने का मौका मिल रहा है। समाज में जो लोग मुख्यधारा से वंचित हैं उनकी कला को निखारने का प्रयास 'दिव्य आलेख' पत्रिका के माध्यम से किया जा रहा है।

अविनाश बन्धु की पहचान मूलतः एक गायक और अभिनेता के रूप में है और मंचों तथा डिजिटल प्लेटफार्म पर इनके विडियोज और रील्स को देश-विदेश के दर्शकों की अपार सराहना प्राप्त हुई है।

इसके साथ ही राष्ट्रीय मंचों, दूरदर्शन, आकाशवाणी में एक शाइर के रूप में भी इनकी अपनी अलग पहचान है। इनकी रचनाएँ राष्ट्रीय स्तर की प्रतिष्ठित पत्रिकाओं एवं अखबारों में प्रकाशित होती रही हैं। ये सरल भाषा में लिखने वाले एहसास के शायर के रूप में विशेष रूप से युवावर्ग में बहुत लोकप्रिय हैं।

ये एक नियमित साहित्यिक पत्रिका 'दिव्य आलेख' के संपादक भी हैं और हिंदी के अलावा भोजपुरी, अंगिका, मैथिली एवं बज्जिका भाषाएँ भी इनके लेखन क्षेत्र में है।

संपर्क सूत्रः apnehissekakhwab@gmail.com
7004064621
Patna, Bihar

"शुकराना तो बनता है इस ख़ालिस अदबी महफ़िल का
मुझ जैसे नाचीज़ को भी पलकों पे बिठा के रक्खा है"

www.ingramcontent.com/pod-product-compliance
Lightning Source LLC
LaVergne TN
LVHW100037181026
850499LV00002B/33

9789358691184